Le poids du silence

Almeyda Fernández

États-Unis
2024

Imprimer

Titre du livre : Le poids du silence
Auteur : Almeyda Fernández

© 2024, Almeyda Fernández
Tous droits réservés.

Auteur : Almeyda Fernández
Contact : boxingboy898337@gmail.com

CONTENU

Le pitch parfait

Des alliances inattendues

Le moment qui n'a jamais eu lieu

L'allié improbable

Le visiteur inattendu

Une recette pour le désastre : une nouvelle revue

Un souhait sur le ciel nocturne

Le calme dans la tempête

Le pitch parfait

"Ici!" » appela-t-elle Norbert du haut de la colline. « J'ai trouvé l'endroit idéal : calme, isolé, loin de tout ce qui pourrait nous distraire. »

Tel un fidèle compagnon, Norbert gravit la colline avec empressement, d'un pas rapide et déterminé. Une fois au sommet, il s'arrêta un bref instant, reprenant sa respiration avant d'installer rapidement la caméra. Il regarda à travers le viseur, vérifiant une dernière fois l'angle et l'éclairage.

"Ça a l'air parfait", dit-il en ajustant son équipement. "Es-tu prêt? Action!"

« Salut à tous, bienvenue sur ma chaîne ! » Angelica rayonnait devant la caméra, son énergie contagieuse. « Si vous cherchez à perdre quelques kilos et à transformer votre corps, vous êtes au bon endroit ! Et le meilleur ? Pas de pilules, pas d'entraînements provoquant la transpiration et absolument aucun équipement sophistiqué requis. De plus, vous pouvez vous offrir tous les bonbons que vous voulez ! Oui, vous m'avez bien entendu, bonbons, sans aucune culpabilité. Résultats garantis. Cela semble trop beau pour être vrai ? Eh bien, ce n'est pas le cas ! »

Elle jeta un rapide coup d'œil à Norbert, lui faisant signe de se rapprocher pour une meilleure prise de vue. Alors que la caméra zoomait sur Angelica, elle la capturait dans toute sa splendeur – sa tenue ajustée épousant sa silhouette parfaitement sculptée, la caméra se tournant ensuite vers son visage radieux. Son teint impeccable, ses cheveux noirs brillants tombant en cascade autour de ses épaules et son sourire éblouissant illuminaient le cadre. Mais ce sont ses yeux, d'un bleu profond et captivant, qui retiennent le plus l'attention. Angelica a poursuivi : « Si vous voulez paraître mince, belle et en aussi bonne santé que moi, il vous suffit d'un simple paiement de 19,95 $, et je vous enverrai un guide détaillé, étape par étape, sur la façon d'atteindre cet objectif. mêmes résultats. N'attendez pas, agissez maintenant !

Norbert, toujours derrière la caméra, lui a levé le pouce, signalant que tout se déroulait bien.

« Waouh ! » Cria Angelica, sursautant d'excitation et levant les poings triomphalement. « J'ai hâte de télécharger cette vidéo ! Ça va être un succès ! »

Norbert, cependant, se grattait la tête, confus. « C'était vraiment génial. Mais je dois dire que je suis encore un peu confus à propos de tout le concept.

Angelica écarta ses inquiétudes d'un simple mouvement de la main, un sourire confiant s'étalant sur son visage. « Fais-moi confiance, Norbert, tu verras. Tout cela aura un sens une fois que ce sera là-bas.

Des alliances inattendues

La chaleur du printemps s'est propagée jusqu'à la ville pittoresque de Pinkerton, apportant avec elle un sentiment de renouveau auquel tout le monde aspirait après les mois d'hiver acharnés et amers. La ville, qui avait été enveloppée dans une couverture de gel et de calme pendant si longtemps, semblait maintenant s'animer d'énergie et de couleurs. Les enfants jouaient à nouveau dehors, les rues étaient remplies de l'agitation des voisins échangeant leurs salutations, et le parfum des fleurs épanouies flottait dans l'air, remplaçant l'atmosphère froide et stérile qui avait retenu la ville captive pendant des mois.

Pinkerton était une ville ancrée dans la tradition, où le rythme de la vie tournait autour de routines familières : école, collège et église. Les valeurs du travail acharné, de la famille et de la foi étaient tenues en haute estime, et les attentes envers les jeunes étaient claires et inébranlables. Les parents ont travaillé sans relâche pour s'assurer que leurs enfants grandissent avec un bon caractère, fréquentent régulièrement l'église, vont à l'université et, finalement, s'installent pour mener une vie paisible et respectable. Pour la plupart, les citadins se contentaient de leur vie simple et prévisible.

Dans cette petite ville conservatrice, Angelica était une bouffée d'air frais. En tant qu'enfant unique de ses parents, elle était adorée depuis le début. Ils l'aimaient farouchement et il était clair qu'ils avaient de grands espoirs pour son avenir. Les parents d'Angelica voulaient qu'elle suive le chemin que beaucoup d'autres à Pinkerton avaient emprunté : mener une vie simple, ancrée dans la tradition, mais ils voulaient aussi plus pour elle. Elle était leur fierté et leur joie, leur fille brillante et belle qui semblait destinée à la grandeur. Ils l'ont gâtée à chaque instant, lui donnant tout ce qu'elle voulait, de la dernière mode aux meilleurs gadgets, et l'encourageant dans tout ce qu'elle entreprenait.

Dès son plus jeune âge, Angelica avait pris conscience de sa beauté saisissante. Ses traits étaient impeccables, mais ce sont ses yeux – ces yeux bleus profonds et fascinants – qui la distinguaient vraiment. Son regard pouvait captiver n'importe qui en un instant, l'attirant avec une intensité à la fois enchanteresse et désarmante. On disait que ses yeux pouvaient en dire long, racontant des histoires d'émotions et de désirs sans un seul mot. Elle connaissait le pouvoir de son apparence et a appris très tôt à les utiliser à son avantage.

En grandissant, Angelica a perfectionné ses talents, et une compétence s'est démarquée parmi toutes les autres : sa capacité à vendre. Elle a découvert qu'elle avait un don naturel pour la persuasion, un don pour faire croire aux gens en elle et en ses idées. Ce talent a trouvé un débouché parfait dans le monde des médias sociaux et bientôt, Angelica a lancé sa propre chaîne YouTube. La chaîne, initialement axée sur la beauté et le lifestyle, connaît un succès immédiat. Les fabricants de cosmétiques ont remarqué son influence croissante et ont commencé à soumettre ses produits à des tests. Les opinions honnêtes d'Angelica ont été recherchées par d'innombrables téléspectateurs qui ont fait confiance à son goût et à son jugement. Ses avis pouvaient faire ou défaire un produit, et ses abonnés comptaient sur ses conseils pour guider leurs décisions d'achat.

Même si Angelica bénéficiait des récompenses financières liées à sa présence croissante en ligne (en gagnant des commissions sur les ventes de produits de beauté et du contenu sponsorisé), elle avait de plus grands rêves. Elle ne se contentait pas d'être simplement critique ; Angelica aspirait à quelque chose de bien plus grand. Elle envisageait de construire son propre empire, un empire qui non seulement la rendrait riche mais l'élèverait au rang de nom bien connu, bien au-delà des limites de Pinkerton. Son plan était ambitieux, mais Angelica était déterminée. Elle savait qu'avec son charme, son esprit et ses capacités de persuasion, elle pourrait y parvenir. Et, plus important encore, elle savait que Norbert serait celui qui l'aiderait à réaliser sa vision.

Norbert, un allié quelque peu improbable dans le grand projet d'Angelica, était complètement captivé par elle. Au cours de ses 25 années d'existence, il n'avait jamais ressenti un sentiment comparable à celui qui l'avait envahi lorsqu'il l'avait vue pour la première fois. Norbert était un nerd selon toutes les définitions — un type introverti et livresque qui était plus à l'aise avec les chiffres et les théories qu'avec les gens. Ses vêtements étaient souvent dépareillés, ses lunettes épaisses le faisaient paraître encore plus socialement maladroit et son attitude générale penchait vers l'antisocial. Même si son intelligence était indéniable, les filles étaient la chose la plus éloignée de son esprit. Il préférait la compagnie des livres à celle de n'importe quel être humain.

C'était jusqu'au jour où il a vu Angelica pour la première fois dans son cours d'analyse commerciale. Un seul coup d'œil sur elle et tout a changé. Il y avait quelque chose en elle – sa présence, sa confiance, sa beauté époustouflante – qui faisait battre son cœur et lui faisait perdre l'esprit. Malgré sa timidité habituelle, il ne pouvait s'empêcher de se sentir attiré par elle. Mais Norbert, aussi maladroit en société que lui, a eu du mal à trouver le courage de l'approcher. Alors, il a fait la meilleure chose à faire : il s'est assis près d'elle, espérant, d'une manière ou d'une autre, qu'elle pourrait le remarquer.

Il n'a pas fallu longtemps avant qu'Angelica, qui avait toujours été confiante et extravertie, se soit retrouvée dans le besoin d'aide. Elle était aux prises avec un devoir particulièrement délicat et, dans un rare moment de vulnérabilité, a demandé de l'aide à Norbert. Cela a marqué le début de leur partenariat. Angelica n'était pas du genre à hésiter à demander de l'aide, et Norbert, désireux de lui être utile, était plus qu'heureux de lui rendre service. Ils ne tardèrent pas à devenir partenaires d'études et Norbert, à sa grande surprise, se retrouva à passer de plus en plus de temps avec elle.

Malgré sa maladresse, Angélique se prend d'affection pour Norbert. Alors que beaucoup d'autres gars la bombardaient de clichés et de répliques, la sincérité et la nature sans prétention de Norbert le distinguaient. Angelica appréciait qu'il n'essayait pas de l'impressionner avec de fausses bravades ou des flatteries. Il était d'une honnêteté rafraîchissante, même s'il se retrouvait souvent à chercher ses mots en sa présence. Sa nervosité, son comportement bizarre, rien de tout cela ne la dérangeait. En fait, elle trouvait cela attachant. Norbert était toujours là quand elle avait besoin de lui, que ce soit pour l'aider dans une mission ou pour faire une course pour elle. Elle trouvait du réconfort dans sa présence calme et constante.

Pour Norbert, cependant, être avec Angelica était un combat constant. Chaque fois qu'elle le regardait avec ses yeux bleus perçants, il devenait un imbécile bégayant. Il faisait de son mieux pour cacher ses sentiments, pour garder son sang-froid, mais c'était impossible. Plus il se rapprochait d'elle, plus il devenait difficile de contrôler ses émotions. Son attirance pour elle était écrasante et il se retrouvait souvent muet ou maladroit en sa présence.

Mais malgré sa nervosité, Angelica ne semblait jamais s'en soucier. Elle savait que Norbert était différent des autres hommes qui entraient et sortaient de sa vie. Sa nature authentique, sa volonté d'aider et sa discrète admiration pour elle étaient des qualités qui le rendaient spécial. Angelica n'a jamais profité de ses sentiments ; au lieu de cela, elle chérissait sa loyauté. Après tout, elle exigeait beaucoup d'entretien, et avoir quelqu'un comme Norbert à sa disposition était incroyablement pratique. Elle pouvait compter sur lui pour de nombreuses choses, de l'aide scolaire au soutien logistique pour sa chaîne YouTube en pleine croissance. Il était toujours là, toujours prêt à faire tout ce qu'elle demandait.

À mesure que les jours de printemps avançaient, les ambitions d'Angelica devenaient encore plus audacieuses. Elle a passé des heures à réfléchir à des idées pour son entreprise, à planifier la manière dont elle utiliserait sa présence sur les réseaux sociaux pour lancer une nouvelle entreprise. Norbert, toujours un ami fidèle, écoutait attentivement ses idées, lui offrant ses réflexions et ses conseils chaque fois qu'elle en avait besoin. Il n'était peut-être pas le plus beau parleur, mais son intelligence était inestimable et Angelica savait qu'elle pouvait compter sur lui pour l'aider à donner vie à sa vision.

Ensemble, ils ont commencé à jeter les bases d'un projet qui allait finalement changer leurs vies. C'était un partenariat improbable – une reine de beauté ambitieuse et exigeante et une intellectuelle socialement maladroite – mais cela a fonctionné. Angelica avait le dynamisme, le charme et la beauté nécessaires pour capter l'attention du monde, tandis que Norbert avait l'intelligence, l'organisation et la réflexion stratégique pour l'aider à réussir. Ils se complétaient parfaitement et, à mesure qu'ils continuaient à travailler ensemble, leurs liens se renforçaient.

Norbert ne savait pas, alors qu'il aidait nerveusement Angelica dans ses projets et ses rêves, qu'il devenait partie intégrante de quelque chose de bien plus grand que ce qu'ils auraient pu imaginer. L'avenir était incertain, mais une chose était claire : ensemble, ils étaient sur le point de se lancer dans un voyage qui les mènerait bien au-delà de la ville endormie de Pinkerton.

Le moment qui n'a jamais eu lieu

Norbert a soigneusement emballé son matériel photo, chaque élément étant placé avec précision et soin, résultat de sa nature méticuleuse. Il avait passé tout l'après-midi à filmer pour Angelica, capturant les images dont elle avait besoin pour l'une de ses prochaines revues de beauté. Son cœur battait à tout rompre alors qu'il organisait son équipement ; la journée avait été remplie à la fois d'excitation et d'effroi, alors qu'il faisait de son mieux pour rester calme en présence de quelqu'un qui le rendait nerveux sans effort.

Angelica, avec sa grâce habituelle, lui sourit alors qu'elle récupérait ses affaires. Elle avait été un peu plus joueuse que d'habitude aujourd'hui, le taquinant légèrement tout en profitant pleinement de sa volonté de l'aider. Alors qu'elle ajustait son sac, elle lui lança un regard qui lui fit ressentir à la fois une sensation de chaleur et d'inconfort. Elle avait une façon de lui donner le sentiment d'être la seule personne au monde, même si cela le laissait souvent sans voix.

"Oh, et pourrais-tu télécharger le fichier vidéo et me l'envoyer, s'il te plaît ?" » demanda-t-elle, sa voix douce et douce, ses yeux pétillants comme toujours.

Norbert hocha rapidement la tête, ses mains soudain moites alors qu'il fouillait avec son téléphone. "Certainement," répondit-il, faisant de son mieux pour avoir l'air calme, même si son cœur battait douloureusement dans sa poitrine.

Les deux hommes commencèrent à redescendre la colline vers leurs destinations respectives. Le soleil commençait sa lente descente, projetant une teinte dorée sur la petite ville de Pinkerton. L'air était vif et frais, emportant le parfum des fleurs épanouies qui semblaient être partout. Malgré la beauté de la journée, l'esprit de Norbert était consumé par le fait qu'il marchait à côté d'Angelica, ses pensées étant un tourbillon chaotique d'admiration, de doute de soi et de nostalgie.

Tandis qu'ils marchaient, Norbert sentit une étrange sensation dans sa poitrine, un désir inexprimé de faire quelque chose de plus, de faire un pas au-delà de leurs interactions habituelles. Ses sentiments pour Angelica n'avaient cessé de croître au cours des derniers mois, et même s'il n'avait jamais eu le courage de les exprimer, il ne pouvait s'empêcher de sentir qu'il en voulait plus. Ils travaillaient en étroite collaboration depuis un certain temps maintenant et Norbert avait commencé à remarquer les changements subtils dans leur dynamique. Ils n'étaient plus seulement des partenaires d'études ou des connaissances ; il avait commencé à prendre soin d'elle d'une manière qui allait bien au-delà de la simple amitié.

Alors qu'ils approchaient du bas de la colline, Norbert rassembla son courage. Il ouvrit la bouche pour dire quelque chose, mais les mots semblaient rester coincés dans sa gorge. Ses paumes étaient moites et sa gorge était sèche. Chaque fois qu'il essayait de parler, ses nerfs le prenaient le dessus, le laissant avoir du mal à trouver sa voix.

"Puis-je…" commença-t-il, sa voix à peine plus qu'un murmure, ne sachant pas comment procéder. Ses pensées se dispersèrent alors qu'il essayait de rassembler la force de continuer.

Soudain, Angelica se retourna, ses yeux rencontrant les siens. Le monde a semblé ralentir pendant un instant. Là, à quelques centimètres l'un de l'autre, Norbert était captivée par l'intensité de son regard. Son cœur manqua un battement et il se figea, incapable de bouger ni même de parler. L'espace entre eux semblait chargé, comme si le temps lui-même avait suspendu son écoulement pour permettre cet instant éphémère et inexplicable.

Angelica inclina légèrement la tête, ses lèvres s'étirant en un sourire alors qu'elle anticipait ses prochains mots. "Puis-je euh, euh…" balbutia Norbert, ses mots lui manquant à nouveau alors qu'il se tenait là comme un cerf pris dans les phares.

"Je te ramène à la maison, tu veux dire?" » demanda Angelica, finissant sa phrase à sa place. Elle haussa un sourcil ludique, sa voix teintée d'amusement.

Les yeux de Norbert s'écarquillèrent lorsqu'il réalisa ce qu'il avait essayé de demander. Il avait eu l'intention de lui proposer de l'emmener, bien sûr – quelque chose de simple, quelque chose qui pourrait leur permettre de passer un peu plus de temps ensemble. Mais maintenant, avec elle si proche, avec ses yeux rivés sur les siens, il se retrouvait complètement désarmé. Son esprit était dans un tourbillon et il pouvait à peine trouver une réponse.

Il hocha lentement la tête, la bouche légèrement ouverte, le regard fixé sur son visage. Il se sentait complètement idiot : comment pouvait-il rester là, si maladroitement, incapable de former une seule phrase cohérente ? Ses épaules s'affaissèrent d'embarras alors qu'il restait immobile, pris dans la tempête de ses propres émotions.

Mais avant qu'il ne puisse dire quoi que ce soit de plus, Angelica recula d'un pas, brisant la tension entre eux. «J'ai un tour. A bientôt," dit-elle, ses mots sortant à la hâte, comme si elle était pressée de mettre fin à ce moment avant que cela ne devienne plus compliqué.

Norbert se tenait là, le cœur serré alors qu'il la regardait se retourner et s'éloigner. Les mots qu'il avait été trop timide pour prononcer restaient désormais lourdement suspendus dans l'air, non prononcés et sans réponse. Il la regarda reculer, ressentant un mélange de tristesse et de dégoût de soi. Pourquoi avait-il été si nerveux ? Pourquoi ne pouvait-il pas être normal, juste une fois ?

Il retint ses larmes alors qu'il restait figé, son esprit revivant ce moment encore et encore. Pourquoi dois-je avoir l'air si stupide ? pensa-t-il, le cœur serré. Il s'essuya distraitement le menton, espérant qu'il ne bavait pas ou qu'il ne se ridiculisait pas encore plus qu'il ne l'avait déjà fait. Il lui fit un petit signe triste alors qu'elle disparaissait au coin de la rue, se disant que c'était probablement pour le mieux. Il n'aurait jamais le courage de dire ce qu'il avait en tête, pas avec elle, pas dans un million d'années.

La pensée de sa propre insuffisance le hantait alors qu'il retournait à sa voiture. Son esprit s'emballait, analysant chaque instant, chaque mot qu'il avait dit. Et si elle l'avait pensé quand elle a dit « À bientôt » ? Et si c'était la dernière fois qu'il la voyait en dehors de leurs séances d'étude ? Il ne s'était jamais senti aussi petit de sa vie, et cette prise de conscience le faisait se sentir encore plus seul.

Mais alors qu'il rentrait chez lui ce soir-là, ses pensées étaient absorbées par elle. Il ne pouvait pas s'en empêcher. Elle était belle, intelligente, confiante – tout ce qu'il n'avait jamais été. Le contraste entre eux était saisissant, et pourtant, d'une certaine manière, on avait l'impression qu'ils s'assemblaient d'une manière étrange et inexplicable. Norbert s'était toujours enorgueilli de son intellect, de sa capacité à résoudre des problèmes complexes et à analyser les situations sous toutes les coutures. Mais quand il s'agissait d'Angelica, toute sa logique et son raisonnement semblaient disparaître. En sa présence, il n'était que l'ombre de la personne qu'il pensait être.

Et pourtant, malgré tout, une petite partie de lui refusait de perdre espoir. Il y a eu une étincelle entre eux, n'est-ce pas ? Une connexion qui ne pouvait être niée, peu importe à quel point il se sentait mal à l'aise sur le moment. Angelica lui avait souri, l'avait regardé avec ses yeux éblouissants, et pendant un bref instant, il avait ressenti quelque chose de réel.

Le trajet m'a semblé plus long que d'habitude cette nuit-là. À chaque kilomètre qui passait, les pensées de Norbert devenaient plus lourdes, le poids de ses sentiments inexprimés pesant sur lui. Il ne savait pas ce que l'avenir lui réserverait, ni s'il serait un jour capable de rassembler le courage de dire à Angelica ce qu'il ressentait vraiment. Mais une chose était sûre : il n'oublierait jamais ce jour, ce moment, où tout semblait à la limite du possible.

Dans les jours qui suivirent, Norbert ne put s'empêcher de rejouer la scène dans sa tête, encore et encore. Chaque fois qu'il y pensait, il se retrouvait en train de grimacer à quel point il avait été maladroit, à quel point il n'avait pas réussi à s'exprimer. Pourtant, il ne pouvait s'empêcher de se demander : est-ce qu'elle ressentait quelque chose aussi ? Ou était-ce juste lui, pris dans un rêve qui ne se réaliserait jamais ?

Pour l'instant, il devrait se contenter de savoir que, malgré sa maladresse et sa nervosité, Angelica ne l'avait jamais traité qu'avec gentillesse. Peut-être que c'était suffisant – pour l'instant. Mais Norbert savait, au fond, qu'un jour, il trouverait le courage de dire ce qu'il pense. Et quand ce jour viendrait, il espérait qu'Angelica serait prête à entendre ce qu'il avait à dire.

L'allié improbable

Plus tard dans la soirée, Angelica était assise à son bureau, les yeux rivés sur l'écran lumineux devant elle. La nuit s'était déroulée exactement comme elle l'avait espéré. Ses followers, captivés par sa beauté et les promesses irrésistibles de son programme minceur, ont inondé son site Internet de commandes. L'argent affluait comme une marée, les clients étant désireux de changer leur vie selon son plan. Angelica ne pouvait s'empêcher de sourire alors que les notifications continuaient à sonner sur son téléphone. C'était exaltant de voir les fruits de son travail acharné porter leurs fruits.

Au fil des heures, Angelica a travaillé sans relâche, envoyant des instructions personnalisées par courrier électronique à chaque client. Elle savait à quel point il était important qu'ils se sentent entendus et pris en charge, car cela contribuerait à renforcer la confiance dans sa marque. Les notifications de nouvelles commandes arrivaient sans cesse, tout comme le flux incessant d'e-mails de ses clients. Au moment où l'horloge sonnait à minuit, sa boîte de réception débordait presque de demandes. Épuisée mais satisfaite, Angelica a finalement fini d'envoyer son dernier email.

Son corps avait l'impression qu'il pourrait s'effondrer, mais son esprit était toujours en ébullition. Elle se laissa tomber dans son lit, espérant passer une bonne nuit de sommeil, mais celle-ci ne vint pas. Elle se tournait et se retournait, son esprit s'emballant en pensant à la façon dont son programme de perte de poids allait transformer la vie de ses clients. Ses rêves étaient remplis de visions de réussite, comme si son entreprise était déjà devenue une sensation mondiale.

Lorsque la lumière du matin traversa ses rideaux, Angelica sortit du lit, groggy, encore sous le choc de l'excitation de la nuit précédente. Elle vérifia son téléphone, impatiente de voir comment les choses avaient progressé du jour au lendemain. Mais ce qu'elle a trouvé n'a pas été l'éloge élogieux auquel elle s'attendait.

Alors qu'elle parcourait les critiques sur son site Web, son cœur se serra. La première critique disait : « Ce plan de perte de poids est une blague. Angelica, tu t'es trompé cette fois ! Une autre critique est arrivée : « Je veux que mon argent soit remboursé. » Son estomac se retournait à chaque nouveau commentaire négatif. Ce n'était pas seulement un ou deux ; il y en avait des dizaines, tous qualifiant son programme d'arnaque, tous remettant en question son intégrité.

Angelica sentit le poids de leur colère, de leur déception, peser sur elle. Elle s'appuya contre le dossier de sa chaise, regardant l'écran avec incrédulité. Elle savait que son plan fonctionnait. Elle y avait consacré du temps, des efforts et des soins. Pourquoi ne pouvaient-ils pas voir ça ?

Elle soupira profondément et se frotta les tempes, sa frustration grandissant. "Pourquoi sont-ils si prompts à juger ?" marmonna-t-elle dans sa barbe. Après une longue pause, elle décide de reprendre le contrôle de la situation. Au lieu de se laisser abattre par les critiques négatives, elle y répondait avec force et confiance. Elle a tapé une réponse rapide : « Désolé, aucun remboursement. Ce plan s'est avéré efficace si vous continuez à vous y tenir. Tenez-vous-en et vous n'aurez pas besoin d'un remboursement ! »

Là. Cela devrait faire l'affaire, non ?

Mais alors même qu'elle tapait ces mots, quelque chose dans son instinct lui disait que cela ne suffirait pas. Elle devait montrer à ses clients qu'elle était prête à aller au-delà de ses attentes. Elle devait faire quelque chose de plus pour prouver que son programme était légitime et qu'elle se souciait de leur réussite.

C'est alors qu'une pensée lui vint à l'esprit. Norbert.

Angélique connaissait Norbert depuis quelque temps déjà. C'était un homme calme et sans prétention qui avait toujours été gentil avec elle, même si elle n'avait jamais vraiment pensé à lui au-delà de leurs interactions occasionnelles. Mais maintenant, elle voyait une opportunité. Norbert travaillait tout le temps avec la technologie et il avait accès à des comptes et à des plateformes qui pourraient contribuer à renforcer sa crédibilité. Peut-être qu'il pourrait être l'allié dont elle avait besoin pour changer les choses.

Après quelques instants de recherche dans son portefeuille, Angelica a trouvé l'adresse de l'appartement hors campus de Norbert. Sans perdre plus de temps, elle attrapa sa veste et partit.

En entrant dans son complexe d'appartements, elle ne put s'empêcher de remarquer les regards des voisins. Même si elle était habillée de façon décontractée – un jean, un t-shirt, pas de maquillage – sa présence semblait captiver tous ceux qu'elle croisait. C'était un sentiment auquel elle s'était habituée, mais cette fois, c'était différent. Les murmures et les regards ne faisaient qu'alimenter sa confiance. Elle avait une mission à accomplir.

Elle atteignit la porte de Norbert et frappa. Lorsque la porte s'ouvrit, elle fut accueillie par un spectacle auquel elle ne s'attendait pas vraiment. Là, debout devant elle, se trouvait Norbert. Son visage s'éclaira instantanément, mais ensuite, à sa grande surprise, il se figea. Sa bouche était grande ouverte, ses yeux écarquillés, et avant qu'elle ait pu dire quoi que ce soit, il sembla perdre l'équilibre et trébucha en arrière, tombant au sol.

Angelica cligna des yeux, un peu déconcertée. Elle ne s'attendait pas à ce genre de réaction, mais elle ne put s'empêcher de sourire. C'était attachant, d'une certaine manière. Elle entra dans l'appartement, l'enjambant légèrement alors qu'il se remettait.

"Wow, ah, Angelica, comme je suis honoré de ta présence", balbutia Norbert, toujours au sol, visiblement troublé. «S'il vous plaît, entrez, madame», ajouta-t-il d'un ton grandiose, en désignant le salon.

Angelica haussa un sourcil et entra. Ses yeux scrutèrent l'appartement, capturant le chaos. Des affiches recouvraient les murs, ainsi que des étagères remplies de livres et de disques vinyles dépareillés. La pièce avait un certain charme, mais il était clair que Norbert n'avait pas vraiment de talent pour la décoration intérieure.

"Norbert, ton appartement est tellement… euh, intéressant," dit-elle d'un ton enjoué mais poli.

Il rayonnait de fierté. "Oh, vous n'avez pas encore régalé vos yeux de ma collection la plus précieuse", dit-il en désignant dramatiquement un mur.

Les yeux d'Angelica suivirent sa main et son estomac se tordit. Là, encadrée dans toute sa splendeur terrifiante, se trouvait une exposition élaborée d'insectes. Il couvrait presque tout le mur, avec tous les types d'insectes imaginables, certains vivants, d'autres conservés dans des vitrines. Mais la pièce maîtresse de la collection, celle qui attirait le plus son regard, était une araignée massive et réaliste avec des pattes épaisses et velues et des yeux noirs brillants. Elle sentit une vague de nausée monter dans sa poitrine.

Elle se tourna rapidement, essayant de détourner le regard de l'horrible spectacle. « S'il vous plaît, asseyez-vous ici sur le canapé, loin des insectes. Désolé," dit Norbert, remarquant son malaise.

Angelica s'assit sur le canapé, son cœur encore battant à cause de la vue de l'araignée. Elle inspira profondément, essayant de se stabiliser. Norbert, inconscient de son malaise, commença à parler avec enthousiasme de sa collection d'insectes, racontant des faits et des détails qu'elle n'avait aucun intérêt à entendre.

« Les insectes sont des créatures terrestres fascinantes. Tout le monde ne les apprécie pas autant que moi », a poursuivi Norbert. « Saviez-vous que leur segmentation comprend une tête, un thorax et un abdomen ? La tête est enfermée dans un épicarde qui comprend les antennes, l'ocelle et les pièces buccales… »

"Très bien, très bien," l'interrompit-elle brusquement en levant la main. "Je ne suis pas ici pour un cours de sciences", dit-elle, essayant de l'interrompre. Elle fit une pause, puis adoucit son ton, un léger sourire jouant sur ses lèvres. "Norbert, j'ai besoin d'une faveur", dit-elle d'une voix douce et convaincante.

Le visage de Norbert s'éclaira aussitôt, sa nervosité s'estompant. "Tout ce que vous souhaitez, madame," répondit-il avec empressement, les yeux écarquillés d'anticipation.

"J'ai besoin que vous vous connectiez à votre compte", commença-t-elle, son ton passant à l'urgence. "Je dois rédiger une critique élogieuse sur mon programme de perte de poids, mais je veux qu'elle donne l'impression qu'elle vient de vous."

Norbert parut interloqué. "Attends, tu veux que je—"

"S'il te plaît," l'interrompit Angelica, sa voix basse et suppliante. «J'ai besoin de ça, Norbert. Ma réputation est en jeu. Je sais que tu peux m'aider.

Il cligna des yeux, visiblement mal à l'aise à l'idée, mais son désir de lui plaire l'emporta. « Passez par là, madame », dit-il en désignant la porte de son bureau.

Angelica ne le savait pas, il y avait encore une surprise qui l'attendait derrière cette porte. Une surprise qui allait tout changer.

Le visiteur inattendu

Angelica entra dans l'appartement de Norbert, ressentant un mélange de détermination et de nervosité. Elle était venue demander une faveur, une faveur qui l'obligeait à sortir de sa zone de confort. Elle n'était jamais entrée chez lui auparavant, et maintenant, dans ces circonstances étranges, cela lui semblait étrangement significatif. Dès qu'elle est entrée, elle a immédiatement remarqué le désordre : des livres empilés dans les coins, des disques vinyles éparpillés sur le sol et des affiches d'artistes obscurs recouvrant les murs. Tout était un peu chaotique, mais c'était indéniablement... Norbert.

"Bel endroit", dit Angelica, essayant de masquer l'inconfort qu'elle ressentait face au désarroi.

Norbert, avec un sourire fier, fit le tour de la pièce. « Vous n'avez encore rien vu. Attendez de voir ma précieuse collection.

Elle haussa un sourcil, incertaine de ce à quoi il faisait référence. « Une collection prisée ?

Une lueur dans les yeux, Norbert la conduisit vers le côté gauche de l'appartement, où une grande vitrine recouvrait tout un mur. À l'intérieur se trouvaient des spécimens d'insectes encadrés – des araignées, des coléoptères, des papillons de nuit et d'autres créatures qui donnaient la chair de poule à Angelica. Mais c'est la pièce maîtresse qui a vraiment retenu son attention : une tarentule surdimensionnée et réaliste, avec ses pattes épaisses et velues et ses yeux menaçants sortant presque du cadre.

Angélique recula d'un pas, ressentant une vague de nausée. "Euh… impressionnant", parvint-elle à dire, faisant de son mieux pour cacher la panique qui bouillonnait en elle. La pensée de cette araignée géante lui donnait la chair de poule.

Norbert rit de son inconfort. « Ce sont des créatures fascinantes. Chacun a sa propre histoire, vous savez ? La façon dont ils se déplacent, dont ils survivent, c'est comme leur propre petit monde.

Angelica ne voulait plus entendre parler de ses connaissances sur les insectes. Elle ne pouvait même pas regarder l'écran une seconde de plus. "Ouais, je vais juste m'asseoir ici, loin de… les bestioles effrayantes."

Norbert, apparemment satisfait de sa réaction, agita la main avec dédain. « Bien sûr, bien sûr. Laissez-moi vous mettre à l'aise. Vous êtes un invité, après tout.

Alors qu'Angelica s'enfonçait dans le canapé, elle se força à respirer régulièrement, son cœur encore battant à cause du choc des insectes. Elle devait se concentrer. Elle était venue pour une raison.

"Alors, Norbert…" commença-t-elle, essayant de se débarrasser du malaise persistant. "J'ai besoin d'une faveur."

Il se tourna vers elle avec de grands yeux, désireux de l'aider. « N'importe quoi, Angélica. Vous l'appelez.

"J'ai besoin que tu te connectes à ton compte pour moi", dit-elle, sa voix se stabilisant. "Je dois rédiger une critique élogieuse sur mon programme de perte de poids. Quelque chose de convaincant, vous savez ? J'ai besoin que cela ressemble à une véritable réussite."

L'expression de Norbert faiblit un instant avant de faire un petit signe de tête. «Je peux faire ça. Ce n'est pas un problème du tout.

Angélique était soulagée. Elle avait passé des heures à travailler sur son plan de perte de poids, mais les critiques négatives s'accumulaient. Sa crédibilité était en jeu, et cet examen pourrait être la seule chose qui changerait la situation. L'aide de Norbert lui donnerait l'avantage dont elle avait besoin.

"Merci," dit-elle, sa voix plus douce maintenant. "Je l'apprécie vraiment."

Alors qu'elle était sur le point de s'installer, quelque chose d'inattendu s'est produit. Une petite tête écailleuse sortit de sous le coussin à côté d'elle. Les yeux d'Angélica s'écarquillèrent. La tête était suivie d'une longue queue glissante et de pattes palmées. La créature – si on pouvait même l'appeler ainsi – était un lézard. Un très gros lézard, aux yeux exorbités qui semblaient scruter la pièce, tel un intrus.

Le sang d'Angélica se glaça. Sans réfléchir, elle a crié à pleins poumons, un cri aigu qui a résonné dans tout l'appartement. Le lézard surgit de sous le coussin et se dirigea droit vers elle, sa longue queue fouettant l'air derrière lui.

Terrifiée, Angelica se leva d'un bond et recula en trébuchant vers la porte. Son cœur s'accélérait et sa respiration était brève et paniquée. Elle ne pouvait détacher ses yeux de la créature alors qu'elle avançait, sa langue sortant comme un serpent. Elle n'avait jamais eu aussi peur de sa vie.

Elle franchit la porte en trombe, la claquant derrière elle alors qu'elle se dirigeait vers le couloir. Son cœur battait à tout rompre dans sa poitrine et elle tremblait encore à cause de l'adrénaline. Elle s'appuya contre la porte, son dos fermement appuyé contre celle-ci alors qu'elle essayait de reprendre son souffle.

Ce n'était pas seulement le lézard qui l'avait terrifiée : c'était aussi le fait qu'elle n'avait aucune idée dans quoi elle s'était embarquée en venant ici en premier lieu. Tout semblait aller mal. L'appartement. L'étrange obsession de Norbert pour les insectes. Et maintenant, un lézard géant. Dans quoi était-elle entrée ?

Ses cris avaient attiré l'attention. Les voisins, certains inquiets, d'autres simplement curieux, commencèrent à affluer dans le couloir. Angelica essaya de retrouver son calme, mais son corps tremblait encore sous le choc.

L'un des hommes, une silhouette grande et musclée portant une veste noire, des lunettes de soleil et une épaisse moustache, s'approcha d'elle avec un regard complice. "Hé, chérie, qu'est-ce qu'il y a ? Pourquoi cries-tu comme ça ?"

Sa voix était basse et grave, et l'odeur d'alcool dans son haleine la frappa immédiatement. Elle recula, levant instinctivement les bras pour créer une certaine distance entre eux.

"Occupez-vous de vos affaires," dit-elle sèchement, ses yeux brillant d'irritation. La dernière chose dont elle avait besoin, c'était qu'un étranger puisse se rapprocher d'elle maintenant.

L'homme ne semblait pas découragé par sa réponse. Il s'approcha, ses yeux se plissant alors qu'il l'évaluait. "Dis-moi ce qui s'est passé, ma chérie. Tout va bien. Tu n'as pas à avoir peur."

« La raison pour laquelle j'ai crié ne vous regarde pas ! » dit-elle brusquement, sa voix remplie d'une frustration croissante.

L'homme n'a pas reculé. Au lieu de cela, il sourit en la regardant de haut en bas. Ses lunettes de soleil cachaient ses yeux, mais Angelica pouvait sentir l'intensité de son regard. "Une femme comme toi", dit-il d'une voix pleine de condescendance, "avec un gars comme Norbert ? Ça n'a pas de sens."

Il semblait l'évaluer, se demandant ce qui avait bien pu la pousser à crier et à s'enfuir de l'appartement de Norbert. Angelica pouvait sentir la chaleur monter dans sa poitrine. Elle n'allait pas laisser un étranger penser qu'il savait ce qui se passait.

À ce moment-là, Norbert apparut à la porte, l'air perplexe alors qu'il observait la scène. L'homme se tourna vers lui, puis revint vers Angelica.

« Quelque chose ne va pas ici », marmonna-t-il en sortant son téléphone. "J'appellerai les flics. Ils découvriront ce qui s'est passé."

Les nerfs d'Angélique s'enflammèrent. C'était la dernière chose dont elle avait besoin. Elle était déjà aux prises avec le désordre de son plan de perte de poids, et maintenant, ça ? Pas question qu'elle le laisse s'en tirer comme ça.

Elle sortit son propre téléphone, ses doigts bougeant rapidement tandis qu'elle parlait, sa voix montant avec colère. « Écoute, si je voulais appeler les flics, je l'aurais déjà fait. Et si je voulais partir, je l'aurais fait. Mais n'ose pas appeler les flics.

Elle fit un pas en avant, les yeux flamboyants. "Si les flics viennent, je leur dirai exactement pourquoi j'ai crié. C'était parce que cet homme," le désignant du doigt, "me harcelait, et oh ouais, il buvait."

L'homme se figea. Son visage pâlit derrière ses lunettes de soleil lorsqu'il réalisa qu'il l'avait sous-estimée. Sans ajouter un mot, il leva les mains à mi-hauteur, comme pour se rendre, et recula.

Angelica lui lança un dernier regard noir, ses yeux perçants et inflexibles, avant de se retourner et de claquer la porte derrière elle, la verrouillant solidement.

Norbert, debout sur le seuil, applaudissait lentement. "Bravo", dit-il, la voix débordante d'admiration. "Je dois dire que c'était une démonstration assez impressionnante. Mais soyez prudent avec ce type. C'est un lutteur professionnel, et ce n'est pas quelqu'un avec qui vous voulez jouer."

Angelica laissa échapper un soupir de soulagement alors qu'elle se sentait enfin en sécurité à l'intérieur de l'appartement. Elle verrouilla la porte derrière elle et s'y affala, sentant le poids de la rencontre s'installer sur ses épaules.

"Merci d'avoir géré ça", dit-elle d'une voix douce mais sincère.

Le visage de Norbert passa de l'inquiétude à un sourire malicieux. "Aucun problème. Mais je dois admettre que j'ai été distrait. J'ai oublié de ranger Miss Lizzie. Il fit une pause, un air embarrassé traversant son visage. « C'est le lézard que tu as rencontré plus tôt. J'ai dû la laisser sortir un moment de sa cage et, eh bien, elle... s'est échappée.

Le visage d'Angelica pâlit lorsqu'elle réalisa ce qui venait de se passer. "Vous avez laissé sortir un lézard dans votre appartement ?!" Elle gémit, ressentant un mélange d'incrédulité et de frustration.

Norbert s'est rapidement excusé. "Je suis vraiment désolée, Angelica. Elle est de retour dans sa cage maintenant et tout va bien."

Angelica fit une pause, prenant une profonde inspiration. Elle était venue ici pour une faveur, mais elle ne savait pas si elle était plus perturbée par la situation avec Norbert ou par le ridicule de tout cela. Elle devait rester concentrée. Il y avait encore des affaires à régler.

« Alors, » dit-elle en se forçant à sourire, « revenons au sujet en question. À propos de cette critique… »

Une recette pour le désastre : une nouvelle revue

Angelica retourna dans le bureau de Norbert, un léger sourire tirant sur ses lèvres alors qu'elle reprenait là où elle s'était arrêtée. L'horloge accrochée au mur tournait et ses doigts dansaient sur le clavier, répondant à une multitude de commentaires récents de clients. Elle les lisait avec un mélange d'espoir et d'épuisement. Mais la dernière en date a retenu son attention. S'arrêtant un instant, elle s'éclaircit la gorge, se préparant à partager ses pensées.

"Norbert, viens ici, j'ai besoin de ton avis sur quelque chose", appela-t-elle en jetant un coup d'œil par-dessus son épaule vers son bureau.

Norbert apparut bientôt, son sourire décalé habituel adouci par la curiosité. Angelica a levé son téléphone et a lu la critique à haute voix, d'une voix ferme pendant qu'elle parlait :

« N'écoutez pas ces mauvaises critiques. Ce plan fonctionne si vous vous y tenez. Je l'ai suivi et j'ai perdu 5 kilos immédiatement, et je n'ai jamais faim. Merci, Angelica, pour le seul régime qui ait jamais fonctionné pour moi.

Norbert haussa les épaules nonchalamment, ses lèvres retroussées d'amusement. "Oui, je pourrais peut-être prononcer ces mots si la perte de poids était mon objectif", dit-il avec un petit rire. Il fit une pause, laissant le silence persister avant d'ajouter :

"Maintenant, que diriez-vous de vous asseoir et de vous détendre pendant que je prépare le dîner ?"

Angelica haussa un sourcil, intriguée mais légèrement méfiante. Elle avait appris au fil du temps que les « projets de dîner » de Norbert étaient généralement aussi imprévisibles que l'homme lui-même. Quelques instants plus tard, Norbert émergea de la cuisine, portant une toque de chef aux couleurs vives et un tablier ridiculement grand sur lequel était écrit « Chef Norbert : Maître de Cuisine ». Il tenait un plateau avec un assortiment de plats qu'Angelica ne parvenait pas à catégoriser.

« Bonsoir, Madame. Pour votre plus grand plaisir, je vous propose un verre glacé de Kool-Aid citron-lime, une assiette chaude et fumante de SpaghettiOs, un épais et savoureux sandwich à la bologne en tranches de charcuterie sur du pain blanc frais et, pour couronner le tout, un bol de succulent Jell-O au citron.

Angelica cligna des yeux devant l'étrange collection de nourriture, un léger sourire tirant sur ses lèvres alors qu'elle fixait l'assiette. Le repas était, en un mot, étrange – une étrange combinaison d'aliments réconfortants de l'enfance qui ne s'accordaient pas vraiment. Elle éclata de rire devant l'absurdité de tout cela.

Norbert, cependant, baissa la tête, son visage virant au rose alors qu'il fixait le sol avec embarras. Le rire d'Angelica s'adoucit lorsqu'elle remarqua la douleur dans ses yeux.

"Je n'ai tout simplement pas faim, c'est tout," dit-elle, son ton plus doux maintenant. "Peut-être que je vais juste boire du Kool-Aid."

Elle poussa l'assiette vers lui, sa tentative d'humour tombant à plat. Norbert, jetant un coup d'œil au repas, le plaça simplement au réfrigérateur. Son humeur s'était détériorée, mais il ne dit rien. Au lieu de cela, il se versa un verre de Kool-Aid et la rejoignit à la table de la cuisine. Ils étaient tous les deux assis là, sirotant la boisson sucrée en silence, le poids de la tension de la soirée pesant entre eux.

Les minutes passèrent. La conversation allait et venait, comme c'était souvent le cas lorsqu'Angelica et Norbert se retrouvaient ensemble dans ces moments calmes. Au fil des minutes, Angelica vérifiait son appareil mobile, espérant que son dernier message sur les réseaux sociaux susciterait un certain intérêt et générerait une vague de commandes. Mais pas de chance. L'écran est resté décevant.

Pour aggraver les choses, une nouvelle critique est apparue – un message dur et colérique qui ne manquerait pas de mettre à mal sa confiance déjà fragile.

Angelica prit une profonde inspiration et le lut à haute voix, sa voix ferme malgré la frustration croissante en elle.

« Ce soi-disant « régime » est une arnaque totale. Ne commandez pas ! Je n'ai pas pu récupérer mon argent, je vais donc révéler le grand secret. Ça y est : il vous demande simplement de tourner dans la pièce jusqu'à ce que vous tombiez malade et perdiez l'appétit. Et si ça ne marche pas, frappez-vous dans le ventre. Qui veut tomber malade ?! Et en ce qui concerne les bonbons, les instructions sont que vous pouvez manger tous les bonbons que vous voulez, mais ne retirez pas les emballages. Ha, ha très drôle ! Et elle prétend que nous pouvons être belles comme elle ! Aucune chirurgie plastique au monde ne pourrait me faire ressembler à elle ! »

Il y eut un long silence tandis que les mots s'installaient dans la pièce. Norbert la regardait, son expression illisible. Angelica tenait fermement son téléphone dans ses mains, essayant de donner un sens aux mots.

Finalement, Norbert rompit le silence, la voix débordante de sarcasme. "Oh, c'est donc l'essence du plan ?" » dit-il, un rire menaçant de s'échapper de ses lèvres. Il eut du mal à garder son sang-froid, mais l'absurdité de la critique le frappa de plein fouet. Il essaya d'étouffer le rire qui montait dans sa poitrine, mais cela ne servit à rien.

Avant qu'il ne s'en rende compte, il toussait de manière incontrôlable, son rire résonnant dans la salle de bain alors qu'il s'enfuyait pour échapper au regard d'Angelica. Il ferma la porte derrière lui, le corps ravagé par des éclats de rire.

"Norbert, ça va?" Angelica appela de l'autre côté de la porte, une pointe d'inquiétude dans la voix.

"Oui, donnez-moi juste un moment", fut la réponse étouffée.

Norbert s'assit sur le bord de la baignoire, essayant de retrouver un semblant de sang-froid. Son rire l'avait laissé étourdi, mais au-delà de l'humour, une pensée plus profonde s'insinuait dans son esprit. Angelica, toujours aussi posée et sûre d'elle, avait fait face à une vague de critiques. Il était là, se moquant d'elle dans son moment de vulnérabilité. Quelle ironie, songea-t-il. Il avait toujours été ridiculisé, mais à ce moment-là, c'était Angelica qui était devenue la cible de la blague de quelqu'un d'autre.

Il soupira profondément, se poussant hors de la baignoire et s'essuyant le visage du revers de la main. Il jeta un coup d'œil à son reflet dans le miroir, son image floue à travers la vitre embuée. Ses excentricités avaient toujours été une source de moquerie, mais aujourd'hui, il réalise qu'il pourrait avoir besoin d'être plus que le simple clown du groupe. Après tout, c'était un homme de sagesse. Il avait hérité du savoir de ses ancêtres, et maintenant, il était peut-être temps pour lui d'être la voix de la raison dans leur monde chaotique.

Il se redressa, inspira profondément et se peigna les cheveux avec un soin méticuleux. Il aspergea un peu d'eau de Cologne, ressentant le besoin urgent de se ressaisir. Alors qu'il se préparait à émerger, il ne pouvait s'empêcher de penser à l'avenir d'Angelica. Les critiques auxquelles elle a été confrontée pourraient piquer maintenant, mais ce n'était pas la fin de son voyage. En fait, ce n'est peut-être qu'un début.

La porte s'ouvrit et Norbert réapparut, le visage plus posé, même si une légère lueur de malice persistait dans ses yeux.

« Désolées pour cela », dit-il en s'éclaircissant la gorge. "Maintenant, voyons si nous pouvons donner un sens à cela."

Angelica haussa un sourcil, mi-amusée, mi-agacée. "D'accord, d'accord, je comprends. Mon plan était un peu idiot », dit-elle en levant les mains en signe de capitulation. "Mais j'avoue que ça marche pour moi quand j'ai envie de sucreries."

Norbert sourit ironiquement. « Nous étudierons d'autres possibilités. Ensemble, nous trouverons le chemin vers votre opportunité en or. Il fit une pause, son ton devenant plus sérieux. « Puis-je suggérer l'élevage de reptiles ? Ou peut-être une taxidermie d'insectes ?

Angelica roula des yeux, même si un sourire tira aux coins de sa bouche. « Très drôle, Norbert. Mais je pense que je vais m'en tenir à mes efforts actuels pour le moment.

Norbert se pencha en arrière sur sa chaise, un sourire satisfait sur le visage. "Ça ressemble à un plan."

Angelica jeta un coup d'œil à sa montre, réalisant que le temps avait passé très vite. « Oh, regarde l'heure. Je dois y aller."

Elle attrapa son manteau et se dirigea vers la porte. Juste avant de partir, elle a crié dans le bureau de Norbert : « Bon débarras, Miss Lizzie », une plaisanterie ludique contre le chaos de la journée.

Et avec ça, Angelica était partie. Norbert était assis tranquillement, pensant au chemin étrange et sinueux qui les avait amenés tous les deux ici. On ne savait pas ce que l'avenir leur réservait, mais une chose était sûre : quoi qu'il arrive ensuite, ils l'affronteraient ensemble.

Un souhait sur le ciel nocturne

Alors que Norbert se tenait dans l'air frais de la nuit, un mélange d'excitation et d'incertitude tourbillonnait en lui. La soirée s'était déroulée de la manière la plus inattendue. Ce qui avait commencé comme une réunion ordinaire s'était transformé en quelque chose de bien plus profond, de plus poignant qu'il ne l'avait imaginé. Il avait accompagné Angelica jusqu'à sa voiture, et maintenant ils se tenaient ensemble près de son Cavalier blanc, la douce lueur de la lune projetant une lumière presque éthérée sur ses traits.

Ses yeux, scintillants comme des étoiles jumelles, soutint son regard, et pendant un instant, le temps sembla ralentir. Elle était magnifique, radieuse, presque irréelle, debout là, sous le vaste ciel. Norbert se sentit captivé par la façon dont le clair de lune dansait dans ses cheveux, par la façon dont ses lèvres s'entrouvrirent légèrement pendant qu'elle parlait. Sa beauté le submergea, et pendant un instant éphémère, il eut l'impression que l'univers entier s'était arrêté pour assister à cette délicate interaction.

Il déglutit difficilement, son cœur battant à tout rompre alors qu'il restait figé sur place. Il lui fallut tout son courage pour faire un petit pas vers elle, s'avançant d'un pas, attiré par sa présence comme un papillon de nuit par une flamme. Chaque pas semblait l'entraîner plus profondément dans un rêve, ses sens s'exacerbaient alors qu'il inhalait le doux parfum de son parfum, un mélange enivrant qui persistait dans l'air.

Le cœur de Norbert battait fort dans sa poitrine, le son étant presque assourdissant à ses oreilles. La montée des émotions – l'adoration, le désir, la pure crainte – inonda ses sens, envoyant une vague vertigineuse d'euphorie à travers son corps. Ses jambes étaient faibles et sa vision floue. C'était comme si le monde autour de lui s'était évanoui, ne laissant là qu'Angélique, sa silhouette lumineuse étant le point central de toute son existence.

Mais ensuite, aussi vite que la magie s'était emparée de lui, elle fut brisée. Angelica tendit la main vers la portière de sa voiture, le doux clic de la poignée ramenant Norbert à la réalité. Elle partait. Elle s'éloignait. Son cœur se serra, un pincement de déception s'installant au plus profond de sa poitrine.

"Bonne nuit", dit-elle d'une voix chaleureuse mais définitive. Le bruit de la porte qui se fermait derrière elle résonna dans l'esprit de Norbert alors qu'elle tournait la clé dans le contact. Elle s'éloigna sans un second regard, sa silhouette disparaissant au loin.

Il se tenait là, cloué sur place, incapable de bouger, son esprit rempli de pensées qu'il ne parvenait pas à comprendre. Il regarda sa voiture disparaître dans la nuit, une faible traînée de feux arrière s'estompant dans l'obscurité. Le silence autour de lui était lourd, le vide palpable alors qu'il se tenait là seul, son cœur souffrant de mots non prononcés.

Norbert se retourna lentement et retourna à son appartement, la brise fraîche effleurant son visage, mais cela ne fit pas grand-chose pour apaiser la tempête qui couvait en lui. Il avait besoin d'un moment pour lui, un moment pour rassembler ses pensées, alors il s'assit sur les marches de son immeuble, regardant la nuit.

Les étoiles au-dessus brillaient de mille feux, leur lueur lointaine offrant une sensation de confort dans le calme. L'air était calme, à l'exception du bruissement occasionnel des feuilles des arbres. Norbert soupira profondément, laissant la tranquillité de la nuit s'installer sur lui, mais ses pensées restèrent fixées sur Angélique. Elle était toujours dans son esprit, peu importe à quel point il essayait de se distraire.

Il leva les yeux vers le ciel, cherchant du réconfort dans l'immensité de l'univers. La pleine lune était suspendue au-dessus, sa lumière argentée baignait le monde d'une douce lueur surnaturelle. Il ne pouvait s'empêcher de ressentir un profond désir, un besoin presque désespéré de quelque chose de plus. Il souhaitait plus que tout qu'Angelica le voie comme plus qu'un simple ami, plus que l'homme maladroit et maladroit qu'il se considérait souvent comme étant.

Il inspira profondément, ses yeux rivés sur l'étoile la plus brillante du ciel. D'une voix pleine d'espoir calme, il murmura dans la nuit : « Étoile brillante, lumière des étoiles, s'il te plaît, aide-la à me voir comme l'homme que je suis vraiment. Aidez-la à voir au-delà de la gêne, au-delà de l'incertitude. Aide-la à me voir comme plus qu'un ami.

Ses paroles restèrent en suspens un instant, son cœur mis à nu devant l'univers. Était-ce trop demander ? Être vu, vraiment vu, pour la personne qu'il était à l'intérieur

? Être aimé pour ce qu'il était, et pas seulement pour la façade qu'il présentait au monde ? Il ne le savait pas, mais le souhait brûlait en lui, une lueur d'espoir dans l'obscurité.

Alors qu'il était assis là, perdu dans ses pensées, un son familier perça le silence : un moteur de voiture, faible mais de plus en plus fort. Son cœur manqua un battement tandis qu'il tournait les yeux vers le parking. Serait-ce possible ? Était-ce possible ?

Et puis, comme il l'avait espéré, une voiture blanche tourna au coin, ses phares illuminant la nuit. Son pouls s'accéléra lorsqu'il réalisa que c'était Angelica. Elle était de retour. Avait-elle oublié quelque chose ? Était-elle venue lui dire au revoir comme il se doit, pour clarifier les choses, pour lui offrir un semblant de clôture ?

Le souffle de Norbert se bloqua dans sa gorge alors que la voiture d'Angelica ralentissait jusqu'à s'arrêter, le doux bourdonnement du moteur s'arrêtant alors qu'elle baissait la vitre. Ses cheveux étaient détachés, flottant dans la brise, et elle était belle sans effort, même dans la pénombre de la nuit. Le cœur de Norbert s'emballa alors qu'il se levait, ses jambes tremblant légèrement alors qu'il faisait un pas vers sa voiture.

Angelica lui fit un sourire, et avant que Norbert ne puisse parler, elle posa sa main sur ses lèvres et lui envoya un baiser, le mouvement étant gracieux et ludique. Le baiser semblait s'attarder dans l'air entre eux, symbole de quelque chose de plus – quelque chose de tendre, quelque chose qu'il ne parvenait pas à saisir mais qu'il souhaitait désespérément comprendre.

Et juste comme ça, elle était repartie. Sa voiture avança, le doux ronronnement du moteur alors qu'il prenait de la vitesse remplissant les oreilles de Norbert alors qu'elle s'éloignait, cette fois pour de bon. Il se tenait là, figé sur place, la sensation persistante de son baiser encore chaude sur sa joue. Il toucha l'endroit où il imaginait qu'il avait atterri, une douce chaleur qui semblait s'infiltrer dans sa peau.

Pendant un long moment, il resta là, regardant sa voiture alors qu'elle disparaissait au loin. Il ne savait pas quoi en penser : s'il s'agissait d'un signe, d'un geste passager ou simplement d'une coïncidence. Mais à ce moment-là, tout ce qu'il pouvait faire était de savourer le sentiment d'avoir été vu, ne serait-ce que pour un instant.

Il retourna à son appartement, l'esprit bourdonnant de pensées contradictoires. Était-ce juste un rêve ? Est-ce qu'il y lisait trop de choses ? Ou Angelica, d'une manière ou d'une autre, avait-elle ressenti la même connexion que lui ? Norbert ne le savait pas, mais il ne pouvait s'empêcher de penser que cette soirée avait été différente. Ce soir, quelque chose avait changé, quelque chose avait changé.

En entrant dans son appartement, il sentit un sentiment d'anticipation tranquille l'envahir. La soirée avait été pleine de questions, pleine d'incertitudes, mais elle avait aussi été pleine de possibilités. L'avenir, aussi incertain soit-il, semblait juste un peu plus brillant. Et pour la première fois depuis longtemps, Norbert s'autorisait à espérer.

Peut-être, juste peut-être, que l'univers s'alignait en sa faveur. Peut-être qu'Angelica le verrait tel qu'il était vraiment – pas seulement l'homme maladroit qu'il se sentait souvent, mais quelqu'un digne de son affection, quelqu'un qui pourrait se tenir à ses côtés comme plus qu'un simple ami.

Alors qu'il s'asseyait dans son appartement, regardant les étoiles par la fenêtre, il ne pouvait s'empêcher de se demander ce que l'avenir lui réservait. Son souhait se réaliserait-il un jour ? Angelica le verrait-elle un jour comme il la voyait ? Il ne le savait pas, mais pour la première fois depuis longtemps, il était prêt à attendre et à voir ce que les étoiles lui réservaient.

Et tandis qu'il fermait les yeux, un doux sourire étirait le coin de ses lèvres. Il se sentait plus léger, comme si le poids de son désir avait été un peu allégé. Ce soir avait été un pas en avant, même si ce n'était qu'un petit pas. Et cela lui suffisait.

Le calme dans la tempête

Norbert entra dans le salon, un endroit qu'il avait toujours connu pour être rempli de chaleur et d'énergie, mais ce soir, c'était différent. Le dynamisme habituel de la pièce semblait s'être dissipé, remplacé par une sensation de calme irrésistible qui résonnait à travers les murs. Dans la pénombre de la soirée, il aperçut Angelica assise sur le canapé. Sa posture était voûtée, ses épaules affaissées vers l'avant d'une manière qu'il n'avait jamais vue auparavant. Les yeux bleus autrefois brillants et vifs qui avaient toujours porté une lueur espiègle étaient maintenant ternes, perdus dans les profondeurs de l'écran de son téléphone. C'était comme si la vie qui l'avait toujours animée s'épuisait peu à peu.

La vue de sa vulnérabilité, quelque chose dont il n'avait jamais été témoin auparavant, frappa profondément Norbert. Il avait toujours connu Angelica comme une femme confiante et volontaire qui ne laissait jamais rien freiner son rythme. Mais maintenant, à cet instant, elle semblait fragile, comme un délicat papillon pris dans une tempête. Le poids de ce qu'elle avait en tête l'avait visiblement épuisée, et un besoin profond et inexplicable de la réconforter l'envahit.

Norbert inspira profondément, faisant taire la voix intérieure qui le poussait à battre en retraite. Il savait que maintenant, plus que jamais, il devait être fort – pour elle. Se déplaçant avec détermination, il se dirigea vers le canapé et s'assit à côté d'elle. C'était un petit geste, mais qui le rapprochait d'elle comme il ne l'avait jamais été auparavant. La distance entre eux semblait se réduire, mais la tension dans l'air était palpable.

Pendant un instant, aucun d'eux ne parla. Angelica continuait de regarder son téléphone, ses doigts parcourant paresseusement quelque chose qui semblait n'avoir aucun sens réel. Norbert pouvait voir le léger reflet des larmes s'accumuler au coin de ses yeux, mais elle ne fit aucun effort pour les essuyer. Au lieu de cela, ils glissèrent sur sa joue, témoignage tacite de la douleur qu'elle retenait en elle. Cela lui faisait mal de la voir ainsi.

"Merci pour toute votre aide," murmura-t-elle doucement, la voix tremblante, alors qu'une autre larme coulait sur son visage. Les mots étaient doux, presque comme si elle s'excusait pour quelque chose qu'elle n'avait pas dit auparavant. Elle ne le regardait pas, mais il pouvait sentir le poids de sa gratitude dans sa voix.

"Mon plaisir, à tout moment," répondit doucement Norbert, sa voix à peine au-dessus d'un murmure. C'était une réponse simple, mais c'était la vérité. Il ferait n'importe quoi pour elle, quelles que soient les circonstances.

Après cela, ils restèrent tous deux assis en silence, le seul son remplissant l'espace était les notes douces et mélancoliques de la musique classique jouée en arrière-plan. C'était un son paisible, mais il ne faisait que souligner la tristesse qui flottait dans l'air. Norbert regarda les mains d'Angelica trembler légèrement sur ses genoux, son regard flou. Il avait envie de dire quelque chose de plus, quelque chose pour alléger le poids de son chagrin, mais il ne trouvait pas les mots justes. C'était une sensation étrange : être dans la même pièce que quelqu'un et pourtant avoir l'impression qu'il y avait une distance immense et infranchissable entre eux.

Finalement, Angelica brisa le silence, sa voix à peine au-dessus d'un murmure alors qu'elle essuyait les larmes restantes. « Que penses-tu vraiment que je devrais faire ? » demanda-t-elle, son ton rempli d'une incertitude qui était si différente de sa confiance habituelle. Il n'y avait aucun sarcasme, aucun côté tranchant dans ses mots – juste une vulnérabilité brute. "Je ne sais pas si je peux encore faire ça. J'ai l'impression que tout s'effondre."

Sa question restait en suspens comme un fil fragile, attendant que quelqu'un tire dessus. Norbert en sentait le poids peser sur lui. Il ne s'agissait plus d'offrir du réconfort ou une épaule sur laquelle pleurer ; il s'agissait de lui donner de la clarté, de lui offrir les conseils dont elle avait besoin pour avancer. Il s'éclaircit la gorge avant de répondre, sa voix ferme mais gentille.

"Mon point de vue franc sur la question serait d'honorer leur demande de remboursement", a-t-il déclaré, d'un ton calme mais ferme. "Excusez-vous pour le problème de communication et ils comprendront. Ils ne sont pas du genre à garder rancune pour une erreur." Il fit une pause, lui laissant un moment pour assimiler ses paroles. "Vous avez toujours été quelqu'un qui exige la perfection, mais parfois, la meilleure solution est de reconnaître que les choses ne se sont pas déroulées comme prévu et d'assumer la responsabilité. Cela fait partie du processus."

Angelica resta silencieuse pendant un moment, les yeux fixés à nouveau sur son téléphone, comme si l'appareil pouvait lui offrir une certaine forme de clarté. Lentement, elle hocha la tête, mais le mouvement semblait hésitant, comme si elle avait du mal à prendre sa décision. "Oui, tu as raison. C'est juste que… je voulais tellement réussir. Je voulais que ce soit la seule chose qui marche enfin." Elle expira brusquement, un profond soupir qui semblait porter tout le poids de sa frustration. "J'ai travaillé si dur pour ça, et pourtant, j'ai l'impression que ça me glisse entre les doigts."

Norbert pouvait voir la douleur dans ses yeux – l'épuisement, le désir incessant de faire ses preuves. Il ne comprenait que trop bien ce sentiment. "Oui, mais tout le processus de développement d'un nouveau produit ou d'une nouvelle idée implique de l'endurance et de la persévérance", expliqua-t-il doucement, en se penchant légèrement, comme pour exprimer sa sincérité. " Ce n'est pas quelque chose qui peut être précipité. Avant tout, il s'agit de fixer des objectifs clairs et d'explorer votre marché cible. Tout cela prend du temps. Vous ne pouvez pas vous attendre à ce que tout se réalise en quelques jours. C'est un projet à long terme. engagement, Angélique.

Elle laissa échapper un petit rire, même s'il était dénué d'humour. "Oui, j'avoue que j'ai l'habitude d'obtenir ce que je veux quand je le veux. Traitez-moi d'impulsif." Elle se tourna alors vers lui, les yeux toujours lourds d'émotion, mais il y eut une lueur d'autre chose – une lueur de conscience d'elle-même.

Norbert sourit faiblement à son aveu. "Je ne dirais pas impulsif. Je dirais motivé. Mais les gens motivés oublient parfois que tous les objectifs ne peuvent pas être atteints à la vitesse de leur propre volonté." Il s'appuya contre le canapé, son regard s'adoucissant. "Il n'y a rien de mal à ralentir, à se donner l'espace nécessaire pour apprendre et grandir à partir de ces expériences."

Pendant un moment, Angelica resta silencieuse, réfléchissant à ses paroles. Il pouvait voir la lutte interne se jouer dans son expression. Et puis, d'une voix calme, elle a demandé : "Tu penses vraiment que j'aurai une autre chance ? Qu'ils comprendront ?"

Norbert hocha la tête d'un air rassurant. "Bien sûr. Les erreurs font partie du voyage. Et si quelqu'un comprend la valeur des secondes chances, c'est bien vous. Vous avez construit quelque chose de remarquable, et cela ne peut pas disparaître du jour au lendemain. Allez-y étape par étape."

Angelica cligna des yeux, comme si elle suivait ses conseils, puis elle fit un petit signe d'acquiescement. Il y avait maintenant un sentiment de soulagement dans sa posture, un adoucissement de la tension qui l'avait saisie auparavant. Les larmes étaient toujours là, mais elles semblaient moins accablantes, moins étouffantes. C'était comme si ses paroles avaient commencé à lui enlever un poids des épaules.

Une pause tranquille suivit, remplie uniquement de la musique de fond et du bruit de leur respiration. Mais Norbert ne put s'empêcher d'ajouter, avec un sourire taquin : "Et, si je peux me permettre, peut-être que la prochaine fois vous choisirez un plan de perte de poids qui n'implique pas de donner des nausées aux gens."

Les yeux d'Angelica s'écarquillèrent de surprise, et pendant un bref instant, elle oublia ses inquiétudes, ses lèvres s'étirant en un demi-sourire. "Vraiment, tu essaierais?" » demanda-t-elle, incrédule. Elle haussa un sourcil, visiblement amusée par sa suggestion.

Norbert sourit, la lueur enjouée revenant dans ses yeux. "Certainement, un jour," dit-il avec un haussement d'épaules, même s'il ne pouvait s'empêcher de rire doucement devant l'absurdité de tout cela. "Mais j'aimerais avoir un peu plus de preuves avant de me lancer. Peut-être quelques témoignages, peut-être ?"

Angelica rit, le son léger et insouciant, et pour la première fois cette nuit-là, Norbert sentit la tension entre eux s'atténuer complètement. À ce moment-là, c'était comme si le monde avait changé, même légèrement, mais suffisamment pour permettre un bref répit du poids de leur conversation.

Alors que la nuit avançait, Norbert restait aux côtés d'Angelica, lui offrant une compagnie tranquille et des blagues occasionnelles pour détendre l'ambiance. Même s'ils avaient encore un long chemin à parcourir pour relever les défis qui les attendaient, il y avait quelque chose dans ce moment qui leur semblait crucial. C'était comme si, malgré tout, ils avaient trouvé un moyen de se reconnecter, non seulement en tant que collègues ou amis, mais en tant que deux personnes ayant partagé ensemble un moment de vulnérabilité et d'honnêteté.

Finalement, alors que la musique continuait à jouer doucement en arrière-plan, ils s'installèrent tous les deux dans un silence confortable. Et même si Norbert ne savait pas ce que l'avenir réservait à Angelica, il était sûr d'une chose : elle n'était pas seule. Pas plus.

LA FIN

Les modifications et la mise en page de cette version imprimée sont protégées par Copyright © 2024.
Par Almeyda Fernández

Milton Keynes UK
Ingram Content Group UK Ltd.
UKHW021014291124
451807UK00015B/1246